AF494422

16 Novembre 1899

V

VENTE

Du Jeudi 16 Novembre 1899

HOTEL DROUOT, SALLE N° 9

A 2 HEURES 1/2 PRÉCISES

FAIENCES - PORCELAINES

ANCIENNES

Me SANONER
COMMISSAIRE-PRISEUR
Square Labruyère, 4

M. E. GANDOUIN
EXPERT
40, Avenue Wagram

EXPOSITION PUBLIQUE

LE MERCREDI 15 NOVEMBRE 1899

DE 1 HEURE 1/2 A 2 HEURES 1/2

Étude de Me **Sanoner**, Commissaire-Priseur

4, *Square Labruyère*

VENTE AUX ENCHÈRES PUBLIQUES

FAIENCES - PORCELAINES

ANCIENNES

Dont la Vente aura lieu

HOTEL DROUOT, SALLE N° 9

Le Jeudi 16 Novembre 1899

A 2 HEURES 1/2 PRÉCISES

Me SANONER

COMMISSAIRE-PRISEUR

Square Labruyère, 4

M. E. GANDOUIN

EXPERT

40, Avenue Wagram

Chez lesquels se distribuera le Catalogue

EXPOSITION PUBLIQUE

LE MERCREDI 15 NOVEMBRE 1899

DE 1 HEURE 1/2 A 2 HEURES 1/2

UC3412

CONDITIONS DE LA VENTE

Elle sera faite au comptant.

Les acquéreurs paieront *cinq pour cent* en sus des enchères.

L'exposition mettant le public à même de se rendre compte de la nature des objets, il ne sera admis aucune réclamation une fois l'adjudication prononcée.

DÉSIGNATION

1 — ALLEMAGNE, XVIIIe siècle. Bol décor polychrome, berger, bergère et enfant.

2 — APREY, XVIIIe siècle. Petite jardinière carrée, décor polychrome, fleurs et oiseaux.

3 — APREY, XVIIIe siècle. Assiette bords festonnés verts, oiseaux et paysage polychrome.

4 — APREY, XVIIIe siècle. Paire de petits vases forme Médicis, décor polychrome, oiseaux. Un fracturé.

5 — BAVIÈRE, XVIIe siècle. Cruche à godrons en relief, personnages attributs polychromés, monture du temps en étain.

6 — BERLIN, XVIIIe siècle. Feuille présentoir, décor bleu, bouquets.

7 — CASTELLI, XVIIe siècle. Plaque ovale avec cadre adhérent, décor polychrome représentant Minerve et Amours.

8 — Castelli, xviie siècle. Femmes en visite, plaque polychrome rectangulaire.

9 — Castelli, xviiie siècle. Les Vieillards et la Mort, plaque polychrome. Cadre bois sculpté.

10 — Castelli, xviie siècle. Petit plat rond, décor polychrome, scène mythologique.

11 — Castelli, xviie siècle. Petit plat rond, décor polychrome, scène pastorale.

12 — Chantilly pâte tendre. Poignée d'ombrelle, décor polychrome, Chinois et fleurs.

13 — Chantilly pâte tendre, xviiie siècle. Paire de sceaux, décor bleu barbeau.

14 — Chantilly pâte tendre, xviiie siècle. Assiette marli à grains d'orge, au centre Amour peint au manganèse.

15 — Chine, xviiie siècle. Petite potiche couverte, décor bleu.

16 — Chine, xviie siècle, Groupe de rochers, maison, pièce d'eau, décor polychrome.

17 — Chine, xviie siècle. Groupe de personnages près d'une table. Blanc.

18 — Chine, xviiie siècle. Chimère surmontée d'un Chinois. Blanc.

19 — CHINE, XVIIe siècle. Coq blanc.

20 — CHINE, XVIIIe siècle. Aspersoir, décor bleu.

21 — CHINE. Époque Louis XVI. Vase balustre, décor polychrome et bleu. Fracturé.

22 — CHINE, XVIIIe siècle. Deux assiettes, décor dit de la famille rose.

23 — CHINE, XVIIe siècle. Paire de potiches couvertes, décor à fleurs de pêcher.

24 — CHINE, XVIIe siècle. Paire de potiches, décor bleu à caissons alternés, bouquets et paysages.

25 — CHINE, XVIIe siècle. Paire de vases cornets, décor bleu avec parties en réserve de biscuit, laquées noire et or.

26 — CHINE, XVIIIe siècle. Assiette, décor polychrome, personnage dansant.

27 — CHINE, XVIIIe siècle. Chope, décor bleu et personnages polychromes.

28 — CHINE, XVIIIe siècle. Bol, décor polychrome, fruits et arabesques, monture en bronze.

29 — CHINE, XVIIIe siècle. Dix assiettes octogones, décor polychrome; paysages.

30 — CHINE, XVIIIe siècle. Coquille présentoir, décor polychrome, dit de modèles.

31 — Chine, xviiie siècle. Deux assiettes, décor marin et vaisseaux, dit famille rose.

32 — Chine, xviiie siècle. Paire de petites potiches couvertes à godrons spiralés, décor bleu.

33 — Chine, xviiie siècle. Petit cornet, décor polychrome, fleurs.

34 — Chine, xviiie siècle. Deux plats ronds, décor bleu, paysage et fleurs.

35 — Chine, xviiie siècle. Vase balustre carré, décor dit Arlequin.

36 — Chine, xviiie siècle. Cornet, décor bleu.

37 — Chine, xviiie siècle. Crachoir, décor polychrome. Sucrier, décor bleu. Coquillage. Objets divers.

38 — Choisy-le-Roi, xixe siècle. Assiette polychrome, le chien Minuto jouant aux dominos.

39 — Copenhague, xixe siècle. Quatre petites plaques rectangulaires, à sujets allégoriques.

40 — Creil, ancien. Encrier avec tableau des monnaies en cours, vers 1787.

41 — Custine, xviiie siècle. Deux assiettes, décor polychrome, fleurs.

42 — Delft, xviiie siècle. Deux assiettes, marli gaufré, décor polychrome arabesques, fleurs.

43 — Delft, xviiie siècle. Théière surface cotelée, décor chinois personnages, bleu et manganèse.

44 — Delft, xviiie siècle. Dix assiettes, décor polychrome, zones, fleurs et oiseau.

45 — Delft, xviiie siècle. Plaque rectangulaire, décor bleu, adoration des Mages.

46 — Delft, xviiie siècle. Enfant assis dans sa chaise, décor polychrome.

47 — Delft, xviiie siècle. Deux statuettes, femmes chinoises et enfants, décor bleu.

48 — Delft, xviiie siècle. Plat rectangulaire, bord festonné, décoré au centre pastorale polychrome.

49 — Delft. Époque Louis XVI. Paire de potiches, décor bleu, têtes de femmes à coiffures.

50 — Deruta, xvie siècle. Grand plat rond, décor polychrome, cavalier galopant, filé.

51 — Desvres, époque Louis XVI. Plat rond, décor polychrome carosse, le marli orné d'amandes ouvertes.

Ex-collection A. Fontaine, Lille.

52 — Faenza, xvie siècle. Coupe, décor polychrome. arabesques.

53 — Flandre xvie siècle. Encrier grés gris, applications émaillées bleu, monogramme du Christ.

54 — Faenza, xvie siècle. Coupe, décor polychrome, arabesques et amour.

55 — Flandre, xvie siècle. Cruche brune, décor en relief de bustes d'Électeurs et arabesques, fabriques mosanes, datée 1595.

56 — Flandre, xviie siècle. Chope grès gris avec bas-reliefs émaillés bleu, scènes de l'histoire du Christ, monture ancienne en étain.

57 — Flandre, xviie siècle. Chope grès gris, émail bleu, Daniel dans la fosse aux lions.

58 — Flandre, xixe siècle. Cruche en grès gris.

59 — Hispano-Mauresque, xve siècle. Petit plat rond, décor à reflets métalliques et décors bleus.

60 — Hispano-Mauresque, xvie siècle. Plat rond décor mordoré à reflets métalliques.

61 — Inde, xviiie siècle. Saucière, décor polychrome.

62 — Italie, xvie siècle. Aiguière en forme d'artichaut, décor moucheté bleu.

63 — Japon, xviie siècle. Fontaine à thé, Japonaise assise, décor polychrome.

64 — JAPON, XVIIIe siècle. Assiette, décor polychrome et or, femmes au parasol.

65 — JAPON, XVIIIe siècle. Paire de cornets balustres, décor polychrome rehaussé d'or; monture en bronze moderne.

66 — JAPON, XVIIIe siècle. Plat rond, décor polychrome rayonnant.

67 — JAPON, XVIIIe siècle. Deux compotiers, décor polychrome et or.

68 — JAPON, XVIIIe siècle. Deux plats à ombilic, décor polychrome et or.

69 — JAPON, XVIIIe siècle. Quinze assiettes, décor polychrome et or, disque et fleurs.

70 — JAPON, XVIIIe siècle. Tasse couverte, décor polychrome, fleurs.

71 — JAPON, XVIIIe siècle. Tasse et soucoupe, décor bleu et rouge, fleurs.

72 — JAPON, XVIIIe siècle. Plat à barbe, décor polychrome, fleurs.

73 — LA COURTILLE. Assiette encadrée, décor polychrome, femmes et enfants effrayés par un orage.

74 — LA COURTILLE. Autre, avec mère de famille et deux enfants.

75 — La Courtille. Assiette encadrée, décor polychrome et or : Sommeil de Psyché et de l'Amour.

76 — La Courtille. Autre. De jeunes Nymphes trouvent Silène ivre et s'amusent à ses dépens.

77 — La Fratta, xvie siècle. Pied de flambeau gravé émaillé polychrome.

78 — Marseille, xviiie siècle. Paire de cache-pots, décor polychrome, style coréen.

79 — Marseille, xviiie siècle. Aiguière forme casque, anse formée par un dauphin, décor polychrome. Réparée.

80 — Marseille, xviiie siècle. Jardinière forme demi lune, décor polychrome, fleurs.

81 — Marseille, xviiie siècle. Quatre assiettes, décor polychrome, fleurs.

82 — Marseille, xviiie siècle. Assiette, décor vert fleurs.

83 — Marseille, xviiie siècle. Plat rond, décor polychrome, fleurs.

84 — Moustiers, xviiie siècle. Sucrière à saupoudrer, décor bleu.

85 — Moustiers, xviiie siècle. Assiette bords contournés, décor polychrome, marli à guirlandes;

au centre, médaillon avec figure de Vénus et Amour.

86 — Moustiers, xviiie siècle. Sucrier à saupoudrer décor bleu.

87 — Nevers, xviie siècle. Petit plat, décor manganèse et bleu, armoiries avec supports, deux figures d'Hercule.

88 — Nevers, xviie siècle. Petit plat rond, décor bleu, marli vermicellé et personnages chinois.

89 — Nevers, xviie siècle. Plat rond, décor bleu Paysans et feuillages, marli armorié.

90 — Nevers, xviie siècle. Plateau carré, décor manganèse et bleu, paysage.

91 — Nevers, xviie siècle. Petit plat octogone décor bleu et manganèse, personnage chinois.

92 — Nevers, xviie siècle. Plat rond, décor bleu, fleurs et paysans.

93 — Nevers, xviiie siècle. Petite bouteille fond bleu imbrications blanches

94 — Nevers, xviiie siècle. Bouteille à pans coupés décor bleu, personnages chinois.

95 — Nevers, xviiie siècle. Plat rond, décor bleu, imbrications blanches, fleurs, oiseaux.

96 — Nevers, xviiie siècle. Paire de sabots dits de Noël, décor polychrome.

97 — Nevers, xviiie siècle. Assiette constitutionnelle prêtre debout, avec inscription : *Je jure de maintenir de tout mon pouvoir la Constitution*

98 — Nevers, xviiie siècle. Pigeon, décor polychrome.

99 — Nevers, xviiie siècle. Paire de cornets, décor chinois manganèse et bleu.

100 — Nevers. Ire République. Assiette, avec les inscriptions et personnages : (*Egalité, nous jouons de malheur, le plus fort l'emporte*), Félure.

101 — Nevers, époque 1791. Assiette garde national, décor polychrome.

102 — Niedervillier, xviiie siècle. Statuette, jeune homme debout.

103 — Niedervillier, xviiie siècle. Groupe, trois enfants se disputant un poisson.

104 — Orléans, xviiie siècle. Paire de vases pâte marbrée simulant de marbre, de forme Louis XVI.

105 — Paris, xviiie siècle. Tasse et soucoupe forme droite, avec portrait de Marat.

106 — Paris, xviiie siècle. Théière fond brun à réserves ornées de personnages chinois polychromes, très belle anse ciselée.

107 — Paris, époque Louis XVI. Écuelle couverte, décor polychrome, fleurs, poignée en ébène.

108 — Paris, époque Ier Empire. Paire de vases, décor or, bleu à fleurs avec réserves ornées de paysages et fleurs.

109 — Paris, époque Ier Empire. Assiette, décor polychrome, les deux entêtés, fable.

110 — Paris, Ier Empire. Tasse droite et soucoupe, décor fleurs polychromes.

111 — Paris, époque 1816. Veilleuse décor gothique avec statues en grisaille.

112 — Paris, xixe siècle. Tasse droite et soucoupe, décor polychrome, fleurs.

113 — Paris, xixe siècle. Assiette, décor polychrome et or, fleurettes.

114 — Paris, xixe siècle. Tasse et soucoupe avec portrait de la reine de Suède, femme de Bernadotte.

115 — Palissy (Bernard), xvie siècle. Plat ovale, décor à reliefs, poissons, reptiles et plantes. Réparé.

116 — PALISSY (Bernard), XVIe siècle. Petite figure de paysan accroupi, décor polychrome.
(Petit échantillon rarissime).

117 — PESARO, XVIIe siècle. Plat-drageoir émaillé bleu avec dessous et armoiries, polychrome.

118 — QUIMPER, XIXe siècle. Jardinière forme demi-lune, décor polychrome et bleu au centre, inscription : A Monsieur J. Masson à Loc Maria, H.G. Au revers, souvenir 1874.

119 — RHODES ou Lindos, XVIIe siècle. Petit plat rond, décor polychrome, fleurs.

120 — ROUEN, XVIIe siècle. Assiette décor bleu, marli à arabesques, fleurs au centre.

121 — ROUEN, époque régence. Plat rond, décor polychrome, fleurs, guirlandes, tournesols, etc. Ex-collection Harbaville.

122 — ROUEN, XVIIIe siècle. Compotier octogone contourné, décor polychrome à la corne.

123 — ROUEN, XVIIIe siècle. Sucrière à saupoudrer, décor bleu.

124 — ROUEN, XVIIIe siècle. Grand plat rond, décor polychrome à la double corne. Fêlé.

125 — ROUEN, XVIIIe siècle. Assiette, décor plein bleu, Paysage et femmes chinoises. Fracturée.

126 — ROUEN, XVIIIe siècle. Assiette bords festonnés, marli à décor polychrome, paysage, décor bleu, nom patronymique de Caux. Fracturée.

127 — ROUEN, XVIIIe siècle. Paire de vases de pharmacie forme tube, décor bleu, inscriptions noires.

128 — RHODES ou Lindos, XVIe siècle. Plat rond encadré, décor polychrome, fleurs et femme. Ex-collection Dédos.

129 — SARREGUEMINES, XIXe siècle. Vase couvert à zones jaunes et marbrées.

130 — SAVONNE, XVIIIe siècle. Coupe ronde, décor bleu, camp romain.

131 — SCEAUX, XVIIIe siècle. Assiette contournée, décor polychrome, armes de Mlle Victoire.

132 — SCEAUX, XVIIIe siècle. Écuelle couverte et son plateau, décor polychrome, rinceaux et fleurs, goût de Ranson.

133 — SCEAUX, XVIIIe siècle. Petit pot à lait côtelé, le bec orné d'un masque barbu, décor or.

134 — SAINT-PÉTERSBOURG, XIXe siècle. Tasse et soucoupe fond vert, décor polychrome, marchande de fleurs.

135 — Strasbourg, xviiie siècle. Grand plat ovale contourné, décor polychrome, bouquets.

136 — Strasbourg, xviiie siècle. Verrière ovale, décor polychrome, fleurs.

137 — Tournai, xviiie siècle. Assiette, décor bleu.

138 — Urbino, xviiie siècle. Grande vasque trilobée à décor bleu rehaussé d'imbrications blanches; vue de ville, réparée.

139 — Urbino, xviie siècle. Groupe, décor polychrome formant fontaine, Bacchus sur un tonneau et bacchants. Réparé.

140 — Sèvres, xviiie siècle. Paire de petits vases, forme dite tulipe. Biscuit.

141 — Sèvres, xviiie siècle. Quatre tasses, quatre soucoupes décorées, bouquets polychromes, pâte tendre et pâte dure.

142 — Sèvres, pâte tendre, xviiie siècle. Coquille présentoir. décor polychrome, fleurs.

143 — Sèvres, pâte tendre, xviiie siècle. Assiette décor polychrome, zones encadrant des fleurs.

144 — Sèvres, pâte tendre, xviiie siècle. Compotier, décor polychrome, bouquets de bleuets.

145 — Sèvres, pâte tendre, xviiie siècle. Salière, décor polychrome, fleurs.

146 — Sèvres, pâte tendre, xviiie siècle. Tasse et soucoupe, décor au barbeau.

147 — Sèvres, pâte dure, xviiie siècle. Deux tasses, une soucoupe, décor polychrome, fleurs.

148 — Sèvres, pâte tendre, xviiie siècle, décor polychrome, soucoupe polychrome, fleurs dite de trembleuse.

149 — Sèvres, pâte tendre. Époque de 1790. Petit pot à lait, décor polychrome, fleurs.

150 — Sèvres 1816. Paul et Virginie au berceau, groupe biscuit.

151 — Sèvres, 1820. Aiguière et cuvette ovoïde, décor bleu de roi et or.

152 — Sèvres, 1815. Grand vase en biscuit.

153 — Sèvres, époque Charles X. Assiette marli bleu et or, guirlande de fleurs polychrome

154 — Sèvres xixe siècle. Deux tasses à déjeuner avec soucoupes, décor bleu et or.

155 — Venise, xviiie siècle. Plat ovale, bord contourné, marli marbré manganèse, au centre paysage.

156 — VIENNE, XVIIIe siècle. Tasse et soucoupe, décor rouge en mi-partie de l'un en l'autre.

157 — WEEGWOOD XVIIIe siècle. Sucrier bleu et applications blanches.

158 — WEEGWOOD XVIIIe siècle. Plateau ovale bleu et applications blanches.

159 — WEEGWOOD, XVIIIe siècle. Théière en terre de pipe, décor bleu.

160 — WEEGWOOD, époque Louis XVI. Sucrier couvert, sujets allégoriques, biscuit sur fond bleu.

161 — WORCESTER, XVIIIe siècle. Tasse et soucoupe, décor bleu.

Statuettes anciennes

162 — ALLEMAGNE, XVIIIe siècle. Amour frappant une clochette, décor polychrome.

163 — CHINE, XVIIe siècle. Deux chiens de Fô. Blancs.

164 — CHYPRE, époque antique. Femme assise, traces de polychromie. Statuette terre cuite.

165 — CHYPRE, même époque. Femme debout, traces de polychromie. Statuette terre cuite.

166 — Clermont, xviiie siècle. Chinois à quatre pattes-sucrier, décor polychrome.

167 — Copenhague 1825. Thorwadsen. Statuette biscuit.

168 — Cyfflé, xviiie siècle. Jeune berger debout. Statuette sur socle fixe.

169 — Cyfflé, xviiie siècle. Jeune berger tenant un chevreau.

170 — Delft, xviiie siècle. Berger assis, petite statuette polychrome et autre, femme debout.

171 — Jacob-Petit, xixe siècle. Statuette de femme, décor polychrome formant pelote, montée en bronze.

172 — Minton, xviiie siècle. Amour habillé, décor polychrome.

173 — Nevers, xvie siècle. Jeune homme en buste, émail stanifère.

174 — Niederviliers, xviiie siècle. Amour écrivant. Statuette polychrome avec monture bronze ciselé doré de même époque.

175 — Mayence, xviiie siècle. Amour, garde à vous, statuette.

176 — PARIS. Fabrique de la Courtille. Époque Louis XVI. Paire de groupes en biscuit. Jupiter et Ganymède, Junon et Hébé.

177 — SAXE, XVIIIe siècle. Bergère offrant des fleurs. Statuette polychromée.

178 — SAXE MARCOLINI. Groupe d'oiseaux picorant des tournesols, décor polychrome.

179 — SCHELSEA, XVIIIe siècle. Deux statuettes amours, décor polychrome.

180 — SCHELSEA, XVIIIe siècle. Pâte tendre. Amour tenant une gerbe, décor polychrome.

181 — SÈVRES, XVIIIe siècle. Buste biscuit, personnage à grand cordon.

182 — VIENNE, XVIIIe siècle. Berger offrant des fleurs. Statuette polychromée.

183 — VIENNE, XVIIIe siècle. Petit buste de jeune fille. Portrait présumé de Marie-Louise.

184 — WEEGWOOD, XVIIIe siècle. Minerve, buste polychrome et argent.

185 — WORCESTER, XVIIIe siècle. Pan assis, statuette, décor polychrome.

186 — Sous ce numéro les objets omis.

Paris. — Imprimerie artistique Ménard et Chaufour, 8-10, rue Milton.

www.ingramcontent.com/pod-product-compliance
Ingram Content Group UK Ltd.
Pitfield, Milton Keynes, MK11 3LW, UK
UKHW020534180726
13839UKWH00005B/2500

9 782329 453781